KB097200

어쩌다 중딩

중학교 1학년이 되어
시를 쓴다고

어쩌다 중딩

옥과중 1학년 17인의 시 / 김선자 엮음

창조와 지식

여는 글

어쩌다 중학교 1학년들과 글쓰기를 하게 되었을까? 핸드폰은 이미 신체의 일부가 되어 생각과 말과 관계의 대부분도 여기서 이루어지는 아이들.

첫 만남부터 심상치 않게 창 밖 운동장으로 고개를 갸웃거리는 아이들의 마음을 잠시라도 붙들어 놓는 일이 수월찮은 일이었다.
하늘을, 구름을, 창 밖 산을 바라봐도 아무 감흥이 없고 아무 생각도 안 난다고 하는 친구들과 함께 시 쓰기 수업이라니.
더욱 시 쓰는 게 재밌는 것이라니
아이들에게 씨알도 먹히지 않는 첫 만남.

할머니들과 친구들이 쓴 시집과 책 작품들을 쭉 늘어놓고 전시를 하였다.

할머니들의 이야기, 글을 모르는 할머니들이 글을 배우고 시를 쓰고 그림책을 만들고 연극을 하고 영화까지 나왔다는 이야기를 들려주자 솔깃한지 관심을 기울이기 시작한다.

"그래, 너희들도 할 수 있어. 네 친구들이 어린 동생들 나이였을 때도 했거든. 어떻게? 이렇게~"하며 친구들이 초등학교 때 쓴 시들과 할머니들의 시를 몇 편 읽어 주었다.

그리고 시작한 한 줄 쓰기, 두 줄 쓰기, 세 줄 쓰기...

연필을 들어 준 할머니들이 고마웠던 것처럼, 연필을 들고 그적그적 낙서라도 해 보는 아이들이 한없이 대견하고 고마웠다.

아이들의 생각은 톡톡 튀는 축구공 같기도 하고 곰처럼 우직하기도 하고 때로는 산들바람처럼 자유로웠다.

함께 한 시간 동안 어쩌다 중딩과 어쩌다 선생이 만나 글로 서로의 마음을 익혀가는 시간이 소중하고 감사하다.

어쩌다 중딩의 시간을 보내는 우리 친구들에게 마음을 담아 사랑을 보낸다.

6

목차

여는 글. 5

글을 싣는 순서는 저자 이름의 가나다순입니다.

가을이 오는 신호
김고은

하늘에서 떨어지는
빨간 나뭇잎
길을 가다가도 보이는
빨간 나뭇잎
어디에서나 볼 수 있는
빨간 나뭇잎
빨갛게 가을이
물들었구나

나는

김석현

나는 행복이다
먹을 수 있는 행복이 있고
잠을 잘 수 있는 행복이 있고
삶을 살 수 있는 행복이 있기 때문이다

시란

김석현

멸치다
짧고 굵고
다양하고
많기 때문이다

가족이란 비다

김석현

비처럼 많은 사랑을 주시고
비처럼 지속적으로 품어 주시고
비처럼 넓게 보호해 주기 때문이다

폭탄 같은 우리 형

김석현

우리 집은 매일매일이 전쟁터이다
언제 터질지 모르는 폭탄 같은 형
비위에 안 맞춰주면 폭발하고
뭐만 하면 욕한다.

5.18은 나에게

김석현

호루라기이다

호루라기처럼 순간적이고
호루라기처럼 갑작스럽게
일어났기 때문이다.

5.18은 나에게

김석현

폭풍이다

폭풍처럼 많은 고통을 남기고
폭풍처럼 많은 사상자를 내고
폭풍처럼 휘몰아쳤기
때문이다.

여름은

김석현

냉장고다
냉장고 옆구리처럼 더워지고
냉장고 뒤통수처럼 더워지고
때로는
냉장고 앞통수처럼 서늘하기
때문이다.

너구리

김석현

너구리가 있다.
너구리를 잡았다.
너구리를 라면에 넣었다.
너구리 라면이 되었다.
너구리 라면을 맛있게 먹었다.
좋은 하루였다.

고습도치

김석현

고슴도치를 잡자
고슴도치를 잡으려다 다쳤다
그래도 고슴도치를 잡았다
그래서 고슴도치를 키운다
고슴도치는 귀엽다

비

김석현

비가 올 땐 잠이 온다
하늘도 검어지고
깜깜해져서 잠이 온다
하늘은 잠을 잔다
하늘도 이불을 덮고 잔다

귤

김석현

귤을 한 입에 먹으면
새콤하고 달달하고
꿀을 먹은 것처럼
매우 좋아진다
매우 맛있다

발

김석현

발은 소중하다
발은 존재감이 없다
발이 없으면 그제야 소중한 걸 알게 된다
발은 소중하다

가을
김석현

나뭇가지를 꺽어 털어보니
벌레가 우수수
나뭇잎이 우수수
가을도 우수수
떨어지네

나는
김승연

나는 뜨개질이다
마음을 메꾸고
생각을 확인하고
나를 완성하기 때문이다

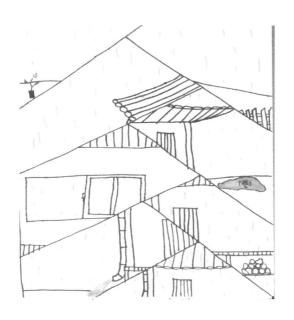

시란

김승연

시란 김밥이다
사는 두근거림 같고
먹는 행복 같고
다 먹었을 때 뿌듯함 같기 때문이다.

가족이란 태양이다

김승연

가족만 보면 마음이
태양처럼 따뜻하고
가족이 안아주면 마음이
태양처럼 커지고
가족이 있으면 마음이
태양처럼 든든하다.

불

김승연

뭐만 하면 불같이 욕설
잘못하면 불같이 주먹
장난치면 불같이 발길질
기분 나쁘면 불같이 화풀이
불은 물을 줘야 꺼지듯
형, 누나는 비위를 맞춰줘야
가라앉는다.

5.18은 나에게 글자이다.
김승연

살아갈 때
글자는
머리에 새겨야 하고
5.18은
마음에 새겨야 한다.

5.18

김승연

반대란 씨를 뿌리고
시위란 싹을 피우고
응원이란 거름을 뿌리고
무차별 폭력이란 바람을 만나고
시민군이란 지지대를 심고
5.18이란 꽃을 피운다.

여름은 휴지통이다

김승연

휴지통처럼 땀을 흘려 더러워지고
휴지통처럼 벌레가 많아지고
휴지통에 넣는 쓰레기들이
떨어지는 것처럼
비가 많이 내리기 때문이다

나는 아직 배고프다.

김승연

나는 배고프다.
나는 지식이 배고프다.
나는 사랑이 배고프다.
나는 마음이 배고프다.
나는 따뜻함이 배고프다.
나는 아직 배고프다.
나는 네가 있어서 배부르다.

수고했다
김승연

낙타가 열심히 걸어가고 또 걸어가는 사막처럼
나의 눈도 메마르고
펭귄이 썰매 타고 있는 남극에 꽁꽁 언 얼음처럼
나의 손도 얼고
사람들이 죽은 것처럼
나의 얼굴도 창백해지고
김치가 저려지는 것처럼
내 팔도 저려진다

천국과 지옥을 왔다갔다하는
공부를 마치고 밖에 나가면
부모님은 말해 주신다
내가 세상에서 가장 좋아하는 말
"수고했다"

비

김승연

비가 깨어날 때 멍하게 촤아아
비가 일어나서 씻을 때 느리게 추적추적
비가 밥 먹을 때 힘들게 찹찹찹
비가 걸어갈 때 걱정이 툭. 툭. 툭.
비가 도착하면 절망이 쏴아아
비가 글 쓰면 열심히 타닥 타다닥
비가 집 와서 피곤이 주르륵
비가 잠 잘 때 행복이 투툭 툭

귤과 나

김승연

귤의 밑부분을 딱
귤 껍질을 한올한올 까는데
촤아아 귤즙이...
내 눈의 핏줄이 서고 아픔을 참으며
한 조각을 똑 떼서 내 입에 넣으면
톡!톡! 내 입에 전기가 흐르듯
신맛이 찌릿찌릿 나를 춤추게 하는
귤

가족
김승연

배 속에서 나온 꿈틀꿈틀 아기를
따뜻한 포대기에 감싸서 안았더니
가족이 생겼다

포대기에 안겨 온 아기
아기 옆에 누워 보면서
사방팔방 다 행복한 걸 보면
문득 가족이란 행복이란 생각이 들었다.

살려줘

김승연

잎이 말합니다
살려주라고
태어날 때부터
나뭇가지를 잡고 하루하루
힘들게 살아가는 잎
결국 몸이 갈색이 되어야
힘을 다 쓰고 떨어집니다
잎이 말합니다
살려줘!

나는
김연영

나는 핸드폰이다
당신에게 즐거움을 줄 수도
당신과 대화를 나눌 수도
당신의 추억이 될 수도 있기 때문이다

시란

김연영

시란 둥지다
새들에게 안식처가 되 주는 것처럼
시는 많은 이들의 안식처가 되어 준다
모양이 비슷하지만 정해져 있지 않은 것처럼
시는 둥지 같다
차곡차곡 쌓아 둥지를 만드는 것처럼
생각을 차곡차곡 쌓아 쓰기 때문이다

곰 같은 우리 아빠
김연영

행동이 느리고, 화내면
곰같이 무서운 아빠
곰돌이 푸 같이 꿀을 좋아하시는,
곰 같은 우리 아빠

5.18은 나에게 스피커이다

김연영

스피커처럼
광주에 민주주의 소리가 울리고.
스피커처럼
웅장하게
나의 가슴을 울렸다

잊지 못할, 잊을 수 없는 그 날.

꽃

김연영

그들 덕분에
민주주의에 꽃이 피었습니다.

그들의 희생으로
민주주의에 꽃이 피었습니다.

하지만

그놈들 때문에
많은 꽃이 피지 못하였습니다
그놈들의 폭행, 칼부림으로 인해
많은 꽃이 필 수 없었습니다.

여름은 시계다

김연영

여름은 시계다
여름은 너무 더워 느리게
흘러가는 기분이다
마치 지루한 수업 끝나기
5분 전 같다
하지만 지루한 5분이 사실 짧은 것처럼
여름은 짧다.

가위
김연영

가위는 영어로 시저
난 너가 시저

가위의 동생은 가아래
가아래를 줄이면 가래
가래를 뱉을 땐 칵퉤

숲소리

김연영

총총 걸어가는 다람쥐 발소리
짹짹 지저귀는 작은 새소리
살랑살랑 움직이는 산들바람 소리
터벅터벅 걸어가는 사람들의 발소리
가만히 멈춰있는 내 숨소리
멀리서 들리는 엄마의 목소리
"빨리 안 오고 뭐 하냐!"

비 내리는 학교
김연영

주르륵 주르륵 내리는 비
지루한 조회 시간의 비
짝짝짝 내리는 비
짜증 나는 수학 시간의 비
툭툭툭 내리는 비
피곤한 사회 시간의 비
뾰르륵! 뾰르륵! 내리는 비
행복한 점심 시간의 비
신나게 뛰어가는 하굣길의 비
어! 비 그쳤다!

귤이지

김연영

동글동글 굴러가는 저건 뭐지?
아! 공이구나!
아니아니 저건 귤이지
노오란 저건 뭐지?
아! 단감이구나!
아니! 저건 귤이지!
새콤달콤한 이건 뭐지?
야! 귤이구나!

내 마음은 지렁이
김연영

행복한 내 마음은 꿈틀꿈틀
깜깜한 땅으로 들어가면
내 마음은 꼼지락꼼지락, 움직이기 어려워

강한 햇살을 받으면
강한 자극을 받으면
난 말라 죽을지도 몰라

내 마음은 지렁이

나는

김초원

나는 그림이다
다양하고
자유롭고
개성 있기 때문이다

시란

김초원

시란 가족이다
다양하고
친근하고
웃음이 나기 때문이다

가족이란 산들바람이다

김초원

포근하고
시원하기도
따뜻하기도
하기 때문이다

풀 같은 부모님의 아들
김초원

뽑고 싶다
벌레가 꼬인다
사뿐히 즈려밟고 싶다.

5.18은 나에게 사진이다
김초원

사라지지 않고
변치 않고
기억될 것이기 때문이다.

여름은 유리컵이다

김초원

나와 물을 품어주고
빛이 비출 때 아름답기
때문이다

봄의 곁

김초원

눈이 녹고 꽃이 피면
내 곁에는...
상냥하신 산들바람씨,
꽃바라기 꿀벌 친구,
구름 흉내 솜사탕이...

여름의 곁
김초원

꽃이 지고 해가 뜨면
내 곁에는...
바람의 신 에어컨,
흡혈귀 모기 자식,
울보 구름 소년이...

가을의 곁

김초원

중천에 뜬 해가 지치면
내 곁에는...
빨강, 노랑 색종이들,
깨끗한 하늘바닥,
요리조리 잠자리가...

겨울의 결
김초원

색색의 풍경이 여백의 미로 변하면
내 곁에는...
포근한 함박눈 이불,
하루 종일 일하는 전기장판,
죽어가며 웃고 있는 눈사람이...

봄이 오는 소리

김초원

커플들이 떠드는 소리,
떨어지는 나의 눈물 소리

비 오는 새벽

김초원

어느 평범한 금요일 새벽 5시 30분
늦은 밤 쓰러지듯 잠에 들었던
침대에서 눈만 깜박깜박
창 밖에선 비가 나의 눈을
따라 투둑투둑
시간이 멈춘 듯 나른했지만
아니라고 말하듯이
투둑투둑

곁

김초원

혼자라는 생각이 드는 저녁
내 곁에서 같이 뛰어준 곁
부모님이였던 적도,
친구였던 적도 있었지만
인생, 혼자가 아니구나...

낙엽

김초원

벌레에 사라져가는 것을
묵묵히 버텨가며

꽃처럼 주목받지 못해도
홀로 버티면서
천천히 말라가며 되는
낙엽

사실 낙엽은 열심히 버틴
나뭇잎의 아름다운 모습 아닐까

나는

김현중

나는 계란이다
속은 촉촉하면서
퍽퍽해도
담백하고 맛있기 때문이다

시란

김현중

시란 안경이다
나의 상상력의 시력을
더 좋게 하기 때문이다

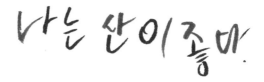

가족이란 물이다

김현중

사람에게 물은 꼭 필요하다
가족도 그렇다.

반딧불이 같은 나의 엄마
김현중

언제 어디서나 빛이 나고
멋지고
자유롭고
웅장하다.

5.18은 나에게 펜이다.
김현중

5.18은 펜이 한 획을 긋는 듯이
민주주의에 한 획을 그었다.

우리의 상처

김현중

군인들은 우리에게 총을 쏩니다.
곤봉을 휘두릅니다. 가족을 죽입니다.
모두를 죽입니다. 우리의 상처는 아직
아물지 않았습니다. 군인들은 사람들을
암매장 합니다. 최루탄을 던집니다. 광주를
피로 물들입니다. 우리의 상처는 아직 아물지
않았습니다.

여름이란 치약이다

김현중

치약처럼 시원하다
치약 맛처럼 역겹다
치약처럼 여러 가지 면이 있다.

세상의 빛과 어둠

김현중

해가 나를 강렬히 비춘다.
내 곁에 그림자 하나 생겼네
이것이 세상의 빛과 어둠이랄까?
깜깜한 밤, 달이 나를 강렬히 비춘다
내 곁에 그림자가 생긴지 모르겠다.
이것도 세상의 빛과 어둠일까?

산소리
김현중

나는 산이 좋다
산의 많은 소리가 나를 호강시켜준다
짹짹짹짹짹짹 새가 깔끔한 소리로 반겨주고
살랑살랑살랑살랑 바람에 초록빛 이파리
부드러운 소리로 나를 안아주고
맴-맴-맴-맴 매미
귀에 확 박히는 소리로 나를 흥이 나게 한다
그래도 내가 가장 좋아하는 소리,
산 정상에서 내가 소리치면
시원하게 들려오는 메아리
참, 시원하구나

비

김현중

비가 온다, 비가 온다 오늘도
비가 오네 톡톡톡 톡톡톡 툭툭툭 툭툭툭
내가 오늘 흘린 땀 땅바닥에 떨어지듯
톡톡톡 톡톡톡 툭툭툭 툭툭툭 떨어지네
비가 온다, 비가 온다 오늘도 비가 오네
주르륵 주르륵 촤르르 촤르르
내가 행복해하며 흘리는 감격의 눈물처럼
주르륵 주르륵 촤르르 촤르르 내리네.

귤청
김현중

상큼한 귤청 오늘 한 번 만들어 보자
먼저 귤 껍질을 까고 까고 또 까고
귤을 하나하나 떼고 떼고 또 떼고 이제
귤을 병에 넣고 설탕을 붓고 붓고 또 붓고
이제 할 달 정도 기다리고 기다리고 또 기다리고
와 드디어 완성이다! 새콤달콤 맛있는 걸?

비가 오면

김현중

비가 온다
비가 오면 라면이 땡긴다
보글보글 바글바글
매콤얼큰한
라면이 익어
가는 소리

비가 온다
비가 오면 전이 땡긴다
지글지글 치익치익
고소짭짤 전이
익어가는 소리

가을이란 시기

김현중

가을이다. 봄, 여름 지나고 겨울을
준비하는 시기, 단풍이 빨갛게 물들고
은행이 노랗게 물드는 시기
노을이 단풍과 은행과 더 잘 어울리는 시기
그리고 순간순간 잘 외로워지는 시기...

나는
류준선

나는 공책이다
나는 어디에 쓰일 수 있다
그러다 다 쓰이면 버려질 수도 있다
팔릴 수도 있다.

시란

류준선

시란 잠이다
집에서 시를 쓸 수 있고
편하고
집중이 돼서……

가족이란 우주다
류준선

우주처럼
마음이 넓고
많은 별들이 빛나듯이
가족의 마음도 빛나기 때문이다

가족

류준선

가족이란 집이다
흔들리지 않는 편안한 시몬스처럼
같이 있으면 편안하다
집을 떠나면 집이 그리운 것처럼
가족도 그립다.

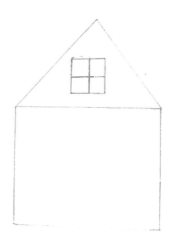

5.18

류준선

광주는 민주화 운동의 중심지
광주는 민주화 운동의 씨앗
광주의 민주화 정신이 전국으로 뻗어나가네
민주주의 정신은 그 누구도 막을 수 없다.

5.18은 나에게 꽹과리이다.
류준선

시민들이 외치는 큰 목소리는
마치 꽹과리 같다
광주의 시민들은 외치고 있다.
죽을 수도 있는데도
민주주의를 위하여...
정의를 위하여...

여름은 정수기다

류준선

여름이 더워질 때
아이스크림이나, 시원한 음료를 먹을 때
시원해지는 것처럼
정수기에서 나오는
물 한잔을 마시면
시원하다.

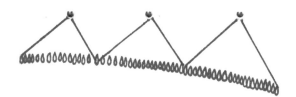

학교
류준선

아침에 일어나
밥을 먹고
학교 갈 준비를 하네
집을 나와 통학차를 타고
학교에 도착...
학교 가기 싫다.

주변 소리
류준선

주변에서 들리는 소리
오소리, 비소리, 바람소리, 노랫소리, 선풍기소리, 에어컨
소리, 동물소리, 벌레소리, 게임소리, 말소리, 기계소리,
바다소리, 비행기소리, 드론소리, 핸드폰소리, 티비소리,
컴퓨터 소리 등
그리고 내 마음속에 들리는 고요한 소리

비의 소리
류준선

아침에 일어나면 들리는 비의 소리
좌르륵
우산 위로 들리는 비의 소리
우드득 우드득
학원에서 들리는 비의 소리
투두둑 투두둑
학원에서 집으로 가는 길에
들리는 비의 소리
솨아아
내 마음에 들리는 비의 소리
톡톡톡

귤

류준선

귤 한 조각을 먹는데
톡 튀면서 터지는데
마치 콩알탄처럼 터졌다
다시 귤 한 조각을 먹는데
톡 쏘는 맛이
너무 셔서
비타민C를 여러 개 먹는 줄 알았다
나머지 귤조각들을 먹는데
정신이 번쩍 들었다.

연필과 글

류준선

연필로 주제를 정할 때 생기는 글
연필로 시를 쓸 때 한 문장이 되는 글
연필로 편지를 쓸 때
편지를 읽는 사람에게
전달이 되는 글
일기를 쓸 때
인상 깊은 내용을 정리하며
써 내려가는 연필
그리고 완성되는
글

떨어지는 잎들
류준선

봄에 땅 속에 씨앗을 심고
물을 주고
여름에 잎이 자라고
가을엔 색깔이 변하고 잎이 지면서
하나 둘씩 쓸쓸히 떨어지는 잎들을 보면서
가을이 끝났구나라는 생각이 든다
겨울이 되고 하늘에서 떨어지는 눈들이 쌓이고 또 쌓이며
산을 이룬다
추운 겨울이 되어 내리는 눈 아래 있는 식물들
땅 속에서만 있는게 안쓰럽구나
어서 추운 겨울이 지나 따뜻한 봄이 오기를…

나는

박지우

나는 반딧불이다
반딧불처럼 낮에는 어둡고
반딧불처럼 밤에는 밝다
빛나는 반딧불이 멋있다

시란

박지우

시란 길이다
길처럼 여러 갈래고
어떤 걸 읽든 재미있고
어떤 걸 읽든 새롭다

가족이란 쉬는 시간이다
박지우

쉴 때 옆에 있고
재미 있고
편안하기 때문이다

웃음
박지우

나에게 아빠는 웃음이다
아빠가 나랑 놀러갈 때 웃음을 주고
아빠가 나랑 요리를 할 때 웃음을 주고
아빠가 나에게 용돈 줄 때 웃음을 준다

여름은 파리채다

박지우

음식물 때문에
파리가 생긴다
그래서 파리채로
파리를 잡는다
여름도 파리채같이
무언가를 잡는다

인생
박지우

인생 옆에는 불행
인생 옆에는 노력
인생 옆에는 절망
인생 옆에는 슬픔
이로써 내 인생은 잠깐에 즐거움으로 행복하다.

노랫소리
박지우

모든 계절 상관없이
듣는 노래가 좋다
봄에는 발라드를
여름에는 k-POP을
가을에는 힙합을
겨울에는 팝송을
나는 계절 상관없이
듣는 노랫소리가 좋다

비
박지우

저녁에 자면 들리는 소리
뽀르륵
아침에 일어나면 들리는 소리
주르륵 주르륵
대야에 떨어지면 들리는 소리
타다닥 타다닥
장화 신고 걸어가면 들리는 소리
추적추적

귤
박지우

내가 좋아하는 귤
이불 안에서 전기장판 켜놓고
까먹는 귤
먹으면 달콤함과 새콤함이
한 번에 느껴지는 귤
새콤달콤한 귤을 먹으며
밖에 내리는 눈을 보면
다른 세상이 보인다

빵 가게

박지우

빵 가게에서 사는 행복
슈크림 빵
소보로 빵
피자 빵
빵 가게에서 주는 선물
탕진과 지방

숲

박지우

매일 산을 쳐다보면서
매일 숲을 떠올리면
기분이 상쾌해진다
가끔씩 숲을 찾아가서
돗자리를 깔며 쉬면
주변에 있는 풀과 꽃들이
속삭인다
넌 할 수 있어라고

나는
신찬욱

나는 고래다
나는 크다
나는 자유롭다
나는 마음이 크다

시는

신찬욱

시는 핸드폰이다
끊을 수 없어서
유익해서
많은 정보를 얻을 수 있어서

가족이란 기둥이다

신찬욱

가족은 힘이 쎄고
기댈 수 있기 때문이다

계단
신찬욱

내가 한 계단 한 계단 올라갈 수 있게 도와주고
높은 곳까지 올라가게 도와주고
어디든 갈 수 있게 도와주며
힘이 들어 못 올라갈 때는
칭찬이 힘이 되어 올라갈 수 있게
해 주는 부모님

5.18은 나에게 신발이다

신찬욱

왜냐하면 잃게 되면 슬프고
항상 같이 가고
민주주의와 같이 걷는다.

여름은 수도꼭지다

신찬욱

틀면 물이 나와 시원하게 해준다
물을 세게 틀었을 때
콸콸콸
햇빛이 세게 비출 때
쨍쨍쨍

곁
신찬욱

곁에 사람이 있으면 좋다
곁에 들어주는 사람이 있으면 좋다

슬플 때, 짜증 날 때, 기쁠 때도
언제나 곁에 사람이 있으면 행복하다.

개소리

신찬욱

개가 짖는 개소리
삼기의 괴소리
친구가 말하는 개소리
어느 나라의 소리
나의 개소리

비
신찬욱

늦게 자서 피곤하다
넷플릭스로 애니를 계속 보다보니
피곤하다 아침에 비가 오는데
빗소리가 안 들린다

귤

신찬욱

귤이 있다
귤을 먹었다
귤이 사라졌다.

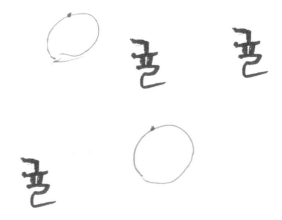

시

신찬욱

시를 쓰라 했더니 친구가 파업을 한다
시를 쓰는 건 쉽다
느끼는 것 생각하는 것을 쓰면 된다

낙엽

신찬욱

가을이 오면 낙엽이 생긴다
낙엽을 밟으면 기분이 좋다
기분이 좋으면 하루가 잘 풀린다

나는
윤상훈

나는 자전거 타는 것이다
마음은 어디든 갈 수 있고
인생은 힘들지만 마음은 상쾌하고
쉽게 돌아다니는 게 내 인생과 닮았기 때문이다

시는

윤상훈

시란 꽃밭이다
여러 종류로 빛나고
나의 마음속과
다른 사람에 마음속까지
아름답게 하기 때문이다

가족이란 눈이다
윤상훈

보기만 해도 기분이 좋고
아름다운 예술품을 만드는 게
우리 부모님께서 날 키운 과정이
아름다운게 같고
눈이 흔하지 않아 귀하고
또 소중하기 때문이다

바나나 같은 부모님

윤상훈

바나나가 늘 자라는 데서 자라는 것처럼
부모님은 어디서든 나에게는 하나뿐인 부모님이다
내가 과일 종류는 대부분 좋아하는 것처럼
내가 부모님을 매우 존경하고 그리고 부모님께서 날 좋게
생각하는 게 같고
바나나가 인기가 많듯이
내가 생각하는 모든 걸 실행할 수 있을 듯한 분
한마디로 나의 히어로

꺼지면 안 될 밝은 불빛

윤상훈

어떤 생각으로 어떤 다짐으로
어떤 마음으로 어떤 상황으로
남을 위해 나라를 위해
남보다 앞에 나아가 싸웠을까?
절대 악과 어떤 마음으로 싸웠을까?
그 두려움 속에 하나의 작은 불빛을
어떻게 크고 밝게 만든 건가?
나에게 이득을 위해?
사회에 이름을 알리기 위해서?
아니 이분들은 목숨을 받쳐
나라를 지켰어
이젠 잊지 말아야 하는
하나의 역사가 됐지만
결코 꺼지면 안 될
불빛 되어주었습니다.

5.18은 나에게 자판기이다

윤상훈

처음은 잘 작동이 되었지만
점점 갈수록 고장이 나는 것처럼
우리의 민주정신은 점점
지워지고 있다 그러니 다시 고쳐 살려야
돈을 벌듯이 없어지면 안 될
보물이기 때문에……

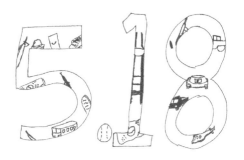

여름은 빗자루다

윤상훈

빗자루로 한 번 쓸면
그 자리가 깨끗해지듯이
여름에 뜨거운 햇빛 아래
사람들이 시원한 물속에 들어가
마음속에 있는
스트레스와 여러 일들을 잊게 하는 게 같고

빗자루 하나가 여러 사람들에게
사랑과 감동 등 여러 감정을 주는 게
여름과 인간이라는 존재에게 선물을
주는 과정이 비슷하고

여러 가지 물체가 하나의
빗자루가 되듯이
여름은 여러 가지 기후와 자연 환경이
하나에 큰 여름을 만드는 거라
같기 때문이다

아침밥을 위한 희생

윤상훈

모두들 꿈 속을 탐방하지만
아침 일찍 탐방을 포기하고 일어난 어머니
나를 위해 누나를 위해
아빠를 위해 형아를 위해
우리 가족을 위해
불 앞에서 오늘 서 계신다
아침밥은 굶어도 되는데
왜 이리 힘들게 만드실까?
왜 우리를 위해 희생을 할까?
왜 부모님만 자식들을 위해 희생해야 할까?
왜 난 안전해야만 할까?
언제 내가 부모님을 위해 희생할 수 있을까?
그 언제가 어른이라면 당장 어른이 되고 싶다.
나보다 부모님이 더 안전해야 하는 걸 알려주고 싶다.
나에겐 하나이자 마지막인 부모님을 잃고 싶지 않다!

B급이 A급이 되고 싶어!
윤상훈

어렸을 때 TV를 보며 느꼈었지
잘사는 사람들의 인생을 보았지
고급진 시계, 고급진 반지
고급진 핸드폰, 고급진 옷
고급진 차, 고급진 음식
이 모든 게 우리한테 있었다면
좋겠다는 생각을 했었지
인정받을 만큼 핫한 인기와
밥 하나 사도 줄지 않는 두둑한 돈까지
있으면 좋겠다고 생각했지만
그건 어렸을 때 생각이고
지금 나의 생활에 절대
후회하지 않았지
남보다 조금 좋지 않더라도
남보다 못 살아도
남보다 못 먹어도
괜찮아
나에겐 남들에게 없는
하나뿐인 부모님이 있으니
B급이 A급이 되지 않더라도
내 마음은 이미 A급

한밤에 열린 연주회

윤상훈

개구리가 한참 울고
모든 사람은 그 소리로 잠을 자는 한밤에
나 홀로 침대가 아닌 의자에
베개가 아닌 연필을
꿈나라가 아닌 책상에서
공부하는 생활에
좌르륵 비가 온다
좌르륵 좌르륵 이 소리를 모두
듣지 못하겠지만
이 노래가 나의 마음을 씻어주니
나는 내 힘을 내 또 다른 일주일을 준비한다.

지금은 귤 비처럼
윤상훈

늘었다라고 생각할 때 늘었다는 명언이
유명해질 줄 누가 알았냐고
늘었지만 하고 싶은 일들이 많지만
늘은 건 사실이겠지
귤나무처럼 나무에서 잘 익은 귤을 따면
좋은 상품이지만
떨어지면 곤충들에 먹이가 되겠지
여러 귤을 모아 한 사람에 행복보다
하나의 귤로 여러 곤충에 행복이 낫겠지
늘더라도 한 사람보단 여러 곤충에 먹이가 되고 싶다
늘더라도 여러 사람을 돕고 싶다
늘더라도... 늘더라도...

찢어진 낙엽
윤상훈

여름에 보이는 낙엽들이
가을이 되니 푸른색 옷을 벗네
옷을 벗고 나니 낙엽도 추운지 고개를 내리네
벌레가 집을 짓고 밟히고 찢기고 하니
겨울이 오면 당연히 죽고 말테야
그러니 말해주세요 수고했습니다
고생했습니다라고 그 찢어진 낙엽이
부모님에 마음이 되니 말해 보세요
수고했습니다 낙엽님
고생했습니다 부모님

나는

이건준

나는 곰이다
시를 쓸 때 곰곰이 생각해서 쓰고
곰처럼 듬직하고
곰처럼 크다

나에게 부모님이란 호랑이다

이건준

화가 나시면 호랑이처럼 무섭고
호랑이처럼 존재감이 크시고
호랑이처럼 멋있고 때로는 자식을
위해 희생하시기 때문이다

5.18은 나에게 가로등이다

이건준

왜냐하면 군인 같은 벌레가
몰려들어도 빛나기 때문이다.

여름은 양말이다

이건준

여름을 어떻게 신을까?
발을 보호하려는 것처럼 여름을
신을 수 있을까?
땀을 흡수해주려고 신는 것처럼
여름을 신을 수 있을까?

오소리

이건준

오소리가 사과할 때 하는 말 oh, sorry
사과를 잘하는 동물 오소리
오리 사이에 소가 있으면 오소리
그래서 내 이름은 오소리
오소리이고 싶다

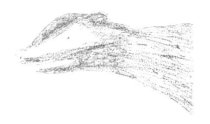

나는
이동현

나는 꿈이다
자기 때문이다
놀기 때문이다
자유롭기 때문이다

시란

이동현

시란 별이다
별을 보면
행복을 느낀다
빛난다
하루에 피로가 풀린다

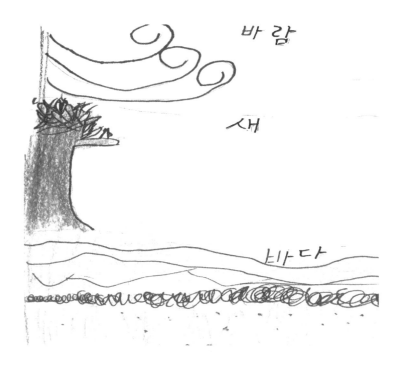

가족이란 바다이다

이동현

바다처럼 마음이 넓기 때문이다

가족이란

좋다

나에게 가족이란 고양이다

이동현

나에게 웃음을 주고
나에게 상처를 주고
나에게 사랑을 주기 때문이다

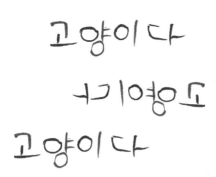

5.18은 나에게 청춘이다.

이동현

힘이 쎄고
달리기도 빠르고
공부를 잘하고
5.18때 계엄군과
맞써 싸웠다

여름은 옷걸이다

이동현

여름에 옷을 걸어주고
건조한 걸 막아주고
휴대폰 거치대로 쓸 수 있다
여름 너무 더워!!

저녁 목소리

이동현

저녁에 부는 바람 소리가 좋다
저녁 새 소리가 좋다
밤바다 물결치는 소리가 좋다

저녁 목소리

부는 바람

바람 소리   밤바다

물결치는 소리   저녁 새

피곤

이동현

늦게 자서 피곤합니다
게임하다 자서 피곤합니다
재서, 태영, 찬욱이랑 게임해서
피곤합니다 아침에 빗소리가
착착착
일어나라고 깨웁니다.

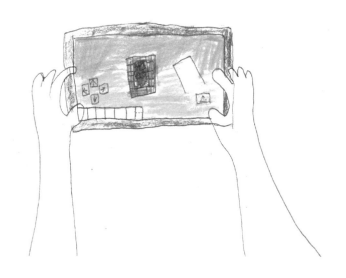

귤

이동현

귤이 왔어요
달고 맛있는 귤이
한 바구니에 5,000원
달고 맛있는 귤이 한 바구니에
5,000원

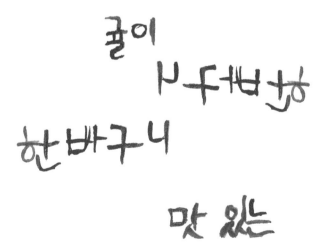

나

이동현

나는 나, 나는 나
나는 나지 그냥 나지 무조건 나
그냥 나, 나는 그냥 나

나뭇잎

이동현

벌레와 산다, 벌레와 산다
어디서 벌레가 있는 곳에서
벌레와 산다 무엇을 먹으면서
벌레들이 좋아하는 걸 먹으면서
벌레와 산다

좋다   좋다
              부는바람
  저녁 새   부는바람
  부는바람   저녁 새

나는
이소생

나는 짜장면이다
느끼하고
한 번 푹 빠지면
헤어나오지 못한다
출구 따윈 없다.

시란
이소생

시란 눈사람이다
눈사람을 만들고 나서 봤을 때
너무 뿌듯해서 눈사람을 꾸며줄 때
추운 줄 모르고 신난다
하지만 눈사람이 시간이 돼서
녹을 땐 마음도 녹는다

가족이란 나에게 축구이다
이소생

협동하며 그 출구로 달려가지만
어쩔때는 싸우고 어쩔때는 웃으며
그 출구를 향해, 목표를 향해
함께 달려 나간다
항상 그 끝은 행복과 절망, 아쉬움이
남겨져 있다.

크레용

이소생

빨간색 크레용처럼 불같이 화내고
주황색 크레용처럼 기쁘고
노랑색 크레용처럼 신나고
초록색 크레용처럼 편안하고
파랑색 크레용처럼 슬프고
보라색 크레용처럼 긴장하고
핑크색 크레용처럼 아름답다
검정색 크레용처럼 무섭다
부모님은 크레용같다!!

크레용
용재ㅏㄷㅌ　　　용개근ㅌ
　　부모님
　　　　크레용

5.18은 나에게 "불"이다.
이소생

사람들의 마음 속 불꽃이 타오른다 활활
그 불꽃은 꺼질 수 없다.
사람들의 마음이 맞을수록 그 불꽃은 더 커지고
탄핵이라는 마음은 더 커진다.
불꽃이 활활 타오르는 어느 날도
피 바람이 부는 날도
내 마음에 불꽃이 있는 한
시련이 와도
맞서 싸울 수 있다, 이겨낼 수 있다

여름은 풀이다

이소생

시원한 바람 소리에 맞춰
살랑살랑 거리고
바닷가에 모이는 사람들처럼
웅성웅성 자란다

곁

이소생

내 곁에 있던 모든 것은
바람처럼 사라질 때도 있다.

바닷소리

이소생

여름에 시원한 바닷 소리가 좋다
가족따라 놀러 간 바다가 좋다
찰랑찰랑 거리는 소리가
내 마음속을 일렁이고 있다
강아지와 가족과
해변가를 달리다 보면
어느덧 해가 뉘엿뉘엿 저문다
그땐 바닷소리를 들으면
그 자리를 떠난다

떠난 자리는 바닷소리만 남겨져 있다.

빗소리

이소생

집 지붕 위 떨어지는 빗방울 또로롱 또로롱
테라스 위 조금씩 떨어지는 빗방울 타다닥 타다닥
집 뒤 대나무 이파리 위로 투두둑 투두둑
집 마당 잔디 사이로 웅덩이가 고인 곳에 톡톡톡
비가 올 때 내 마음에 울려 퍼지는 소리
공허하고 쓸쓸했던 마음이 빗소리에 씻겨 나가는
소리 또로로록

새콤달콤
이소생

새콤달콤 귤 한 입에 앙 물고 먹었을 때
입안 퍼지는 달콤한 향
그 끝에 오는 새콤한
봄이 불어 온다

차가운 겨울 따뜻한 이불에 틀어박혀
시원하고 따뜻한 귤을 먹으며
내 온몸에 퍼지는 새콤달콤한 귤
차가운 한 줄기 겨울바람을 맞는다.

긍정
이소생

너의 하루는
어제보다 훨씬 잘 풀릴거야
너는 잘될 것이고
잘 해낼 것이며
앞으로 잘 나아 갈 거야,

새로운 시작
이소생

따뜻했던 잎이 노랗게 물들어지고, 빨갛게 물들어진다
세상이 따뜻한 색깔로 물들어진다. 그런 가을이 지나가고
추운 겨울이 찾아온다
겨울이 오면 잎사귀도 나뭇잎도 모두 숨어버린다
봄에 날아다니던 나비도
여름에 걸어다니던 동물들도 이젠 다 숨어버렸다
겨울엔 모두 잠을 자고
가을에 알록달록했던 세상이
하얗게 변한다
새로운 시작이 되고 다른 세상이 펼쳐진다
우린 다들 변한다

나는
장서익

나는 해바라기다
해바라기처럼 자유롭고
해바라기처럼 작고
해바라기처럼 많기 때문이다

시란

장서익

짜장면처럼 중독성 있고
짜장면처럼 볼수록 재밌다
짜장면이란 시처럼 길고
짜장면이란 시처럼 먹을수록
맛있다.

가족이란 천사다
장서익

어쩔때는 착하고
어쩔때는 나쁘지만
그래도 가족은 천사다

가족은 나무다

장서익

가족은 나무처럼
친구랑 싸웠을 때
언제든지 기댈 수 있고,
가족은 나무처럼
공부가 힘들 때
언제든지 쉴 수 있게 해준다
그리고 가족은 나무처럼
없어서는 안 된다.

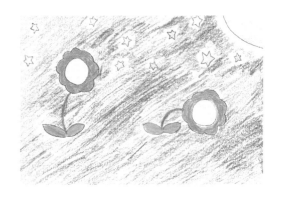

5.18이란
장서익

5.18은 사진이다.
5.18은 사진처럼 영원하며,
5.18은 사진처럼 기억할 수 있다.

5.18은 주름이다.
장서익

5.18은 주름처럼 사라지지 않으며,
5.18은 주름처럼 변하지 않는 것이다.

감사합니다 그리고 고맙습니다.

여름이란 마스크다

장서익

여름이란 마스크다
왜냐하면 여름은
마스크처럼 답답하고
마스크처럼 무언가로부터
우리를 지켜준다.

공기
장서익

언제나 내 곁에 있어주는 공기
내가 슬플때도,
내가 기쁠때도,
내가 짜증날때도,
내가 화날때도,
언제나 내 곁에 있어주는 공기

내가 잘때도,
내가 밥먹을때도,
내가 씻을때도,
내가 놀때도,
언제나 내곁에 있어주던 공기
갑자기 사라지면 힘들 것 같구나

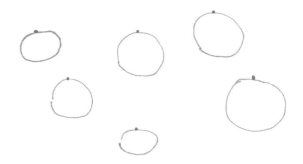

꽃이 지는 소리
장서익

소리가 들린다
꽃이 피는 소리도 좋겠으나,
달이 뜨는 소리도 좋겠으나,
별이 뜨는 소리도 좋겠지
소리가 들린다
꽃이 지는 소리도 좋겠으나,
달이 지는 소리도 좋겠으나,
별이 지는 소리도 좋겠지

비는 악기다

장서익

비가 오는 소리를 들으면
마음이 편해진다 투두둑 투두둑
비는 자장가다
비가 오는 소리를 듣다보면
잠이 온다 주르륵 주르륵

귤

장서익

귤이 있다
귤을 깠다
귤을 입에 넣었다
귤을 씹었다
귤을 음미했다
귤을 삼켰다
귤은 맛있다

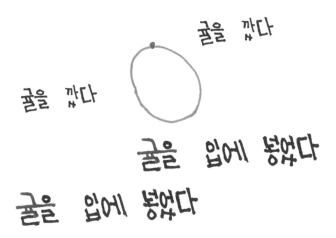

곁

장서익

항상 나의 곁에 있어주는
가족들
슬플때도, 기쁠때도
함께 있어준다
항상 나의 옆에 있는
친구들
함께 있으면 재미있다

낙엽

장서익

낙엽이 떨어진다
낙엽이 떨어지는 걸
보고 있으면 마음이 평온해진다
낙엽을 밟는다
낙엽을 밟으면
마음이 행복해진다
낙엽이 떨어지는 가을은 좋다

나는
정태영

나는 하늘이다
내 마음처럼 넓고
예쁘다, 하늘이...

시란

정태영

시란 아이스크림이다
알록달록하고
읽으면 시원하고
맛있기 때문이다

가족이란 불이다
정태영

불처럼 따뜻하고
불이 일상생활에
필요한 것처럼
가족도 그것처럼
소중하기 때문이다

해 같은 가족

정태영

내가 놀림 받아서 힘들 때
따뜻하게 공감해 주시고
해처럼 크고, 듬직하고
해처럼 따뜻하게 안아주신다.

5.18은 나에게 호미이다.
정태영

왜냐하면 호미로 땅파고
잡초 캐고

밝혀지지 않은
블라블라도

캘 수 있기 때문이다.

여름이란 수건이다

정태영

더울 때 땀을 닦아주고
더운 몸으로 씻고 나올 때
물기를 닦아주는 것처럼
여름도 나의 답답한 마음을
닦아주기 때문이다.

night
정태영

12개월전에도 night
11개월전에도 night
10개월전에도 night
9개월전에도 night
8개월전에도 night
7개월전에도 night
6개월전에도 night
5개월전에도 night
4개월전에도 night
3개월전에도 night
2개월전에도 night
1개월전에도 night
1주일전에도 night
어제도 night
오늘도 night
내일 night
모레도 night
내일 모레도 night
항상 가는 night

소리
정태영

개소리
너구리 소리
친구들 소리
에어컨 소리
선풍기 소리
빗소리
연필 소리
볼펜 소리
내 주변에선
여러 가지 좋은 소리가 들린다
좋은 소리가 세상을 만든다

비

정태영

비가 오면 찝찝하다
비가 오면 짜증난다
비가 오면 화가난다
누가 깨워 일어나면 피곤하다
알람 소리가 깨워서 피곤하다
푸슉푸슉
오늘은 빗소리가 나를 깨운다

귤

정태영

귤을 한 입에 먹으면
새콤하고 달콤하고
꿀을 먹는 것처럼 매우 맛있고 좋아진다
귤을 까면 깔수록
노래지는 손톱과 내 혀

곰돌이
정태영

나는 곰돌이가 좋아
나눈 곰돌이야 좋아
나눈 곰돌이가 좋아
나도 곰돌이가 좋아
힝구... 힝구!
구힝

나는
최인후

나는 호랑이
호랑이는 동물의 왕
호랑이는 줄무늬가 있네
강력한 발톱과 이빨로
여전히 동물의 왕 자리를
지키고 있네

시는
최인후

시는 크레용이다
다양하고
여러 가지고
많이 있기 때문이다

가족이란 나비다
최인후

나를 애벌레 때부터
지금의 나비까지
자라게 해준 감사한 존재이다.

찾아내서 찾아내서

개구리 같은 삼촌

최인후

삼촌은 개구리처럼 개구쟁이
언제나 머리에 장난밖에 없기 때문이다
내가 기분이 안 좋을 때
아재개그를 하고
내 개그 코드를 다 찾아내서
하는 삼촌

정의는 승리한다
최인후

시민의 정의
시민들에 민주화운동
시민들에 함성
군인들에 폭력
총사격을 뚫고
시위를 하고
멋있다.

언제나 !

5.18은 나에게 공이다

최인후

시민들은 군인들에 압박에도
공처럼 넘어지지 않고
계속 시위를 하는
모습 멋있습니다.

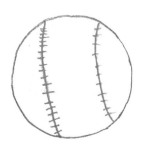

여름은 안경이다

최인후

여름에는 물안경을 쓰고
여름에는 썬글라스를 쓰고
여름에는 안경을 많이 쓰기 때문이다

곁에 있는 사람
최인후

나에게는 여러 소중한 사람 있네
맨날 장난을 치지만 옆에 있어주는 친구들
맨날 혼을 내시지만 상량하신 부모님과 선생님, 관장님
맨날 나를 이해해주는 그 사람
내 옆에는 소중한 사람이 많네

성장

최인후

봄이 되어 나무를 심고
물을 주면 나무가 자라고
자라고 자라다
몇 년이 지나 다 자라면
가을이 오고 잎들이
하나하나 떨어지고
겨울이 되어 잎이 다 떨어지네
나의 마음은
올라가다 다시 떨어지네

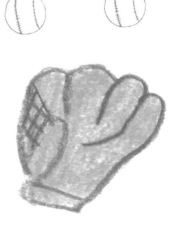

야구 선수가 되고 싶다
최인후

나는 예전엔 야구선수를 꿈꾸는 사람이었네
하지만 부모님의 반대로 포기를 했네
야구를 하는 애들을 보며 마음속으로
나도 야구를 하고 싶네 라는 생각을 했네
그렇게 나는 야구를 하면 잘 할 수 있는데라고
생각을 매일 한다

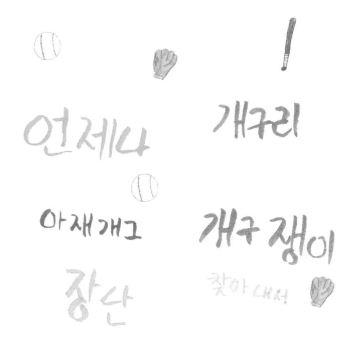

재미있는 귤
최인후

내가 제일 좋아하는 과일
귤이 있으면 친구들과 가족들과
재미있게 먹을 수 있는 과일
행복을 불러주는 과일
세상에서 가장 맛있는 과일

산

최인후

보기만 해도 마음이 평온해지는 산
끝까지 올라가면 행복해지는 산
힘들지만 정상까지 올라가면 기분이 좋아지는 산

나는
허여원

나는 강아지이다
자유롭고
활발하고
언제나 밝기 때문이다

시란

허여원

시란 여행이다
여행을 가는 장소처럼 다양하고
항상 색 다른 느낌을 주고
하기는 귀찮지만 막상 하다보면
재밌기 때문이다.

가족이란 보석이다

허여원

나에게 가족이란
보석이다
내 인생에서 가족은 항상
반짝이고
귀중하고
소중하기 때문이다.

강아지 같은 우리 엄마

허여원

머리 쓰다듬어 주는 걸 좋아하고
강아지처럼 작고 귀엽다
화낼 때는 강아지처럼 으르렁 대지만
무섭지는 않다

아니아니

아니아니   아니아니

아니아니

활짝 핀 민주주의 꽃
허여원

나는 꽃이다
나의 마음은 누구보다 이름답고
나의 용기는 무엇보다도 활짝 피었다.

나는 꽃이다.
나는 언젠가 질 것이고
다시 피어날 것이다.

나는 아름다운 희생으로 활짝 핀
민주주의 꽃이다.

5.18은 나에게 꽃이다

허여원

열사분들의 용기처럼
아름답고

순고한 희생으로 활짝 피어난
민주주의 라는 꽃과 닮았기 때문이다.

여름은 유리창이다

허여원

유리창을 볼 때마다 보는 풍경처럼
항상 변하고
눈부시고
투명하기 때문이다

하느님 애인을 내려주세요

허여원

봄에 벚꽃놀이가는 커풀로 붐비고
여름에는 덥다면서도 붙는 커플 때문에 짜증나고
가을에는 가을타서 너무 쓸쓸하고
겨울에는 크리스마스에 괜히 슬프게
커플이 많아서 제 옆이 너무 허전한데
하느님 제발 애인을 내려주세요.

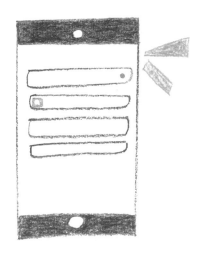

내가 가장 좋아하는 소리
허여원

내가 좋아하는 소리
수업 끝난 후 울리는 종소리
핸드폰으로 온 알람 소리
그 중에서 가장 좋아하는 건
엄마가 오기 전 들리는
띡-띡-띡-띡-
현관문 여는 소리

내 마음의 비

허여원

월요일은 내 마음의 비가 촤르륵
화요일은 내 마음의 비가 추적추적
수요일은 내 마음의 비가 투둑투둑
목요일은 내 마음의 비가 주르륵 주르륵
금요일은 내 마음의 해가 방긋
토요일은 내 마음의 비가 뽀르륵
일요일은 내 마음의 비가 타닥타닥

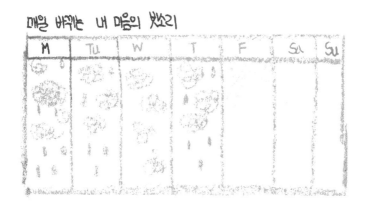

귤리스마스
허여원

크리스마스에
트리작식 대신 귤
크리스마스? 아니아니 귤리스마스!

루돌프의 **빨간코** 대신 노란 귤을
하얀 눈 대신 노란 귤이 내리는 밤
화이트 크리스마스? 아니아니
엘로우 귤리스마스!

곁

허여원

내 곁에는 무엇이 있을까?
책과 연필?
핸드폰과 TV?
아니아니 그것도 맞지만
더 중요한 건
내 가족들과 친구들이지

가을의 요정
허여원

뽀로롱 가을의 요정이 나타났다!

나뭇잎을 빨갛게 물들일까?
나뭇잎을 노랗게 물들일까?

뽀로롱 가을의 요정이 나타났다!
저기 외로운 초록잎은 뭘까?
빨갛게
노랗게 물들여 볼까?
뽀로롱 가을의 요정이 사라졌다!
가을이 오면 다시 나타나겠지?

어쩌다 중딩

초판1쇄 발행 2021년11월26일

기획 김선자
글 옥과중학교1학년17인
편집. 디자인 덕스텝
펴낸이 김동명
인쇄 ㈜북모아
펴낸곳 도서출판 창조와 지식

출판등록번호 제2018-000027호
주소 서울특별시 강북구 덕릉로 144
전화 1644 1814
팩스 02 2275 8577
ⓒ길작은도서관, 2021.
＊ 이 책의 모든 수익금은 옥과중학교에 기부됩니다.

ISBN 979-11-6003-396-0 43810

값 16,000원

지식의 가치를 창조하는 도서출판 창조와 지식
www.mybookmake.com